餘韻文學：詩詞系列 314

思無邪

風 著

Family Sky 天空數位圖書出版

目　錄

三、律詩 035

四、絕句 067

六、今詩 121

七、歌詞 133

自　序

筆者自幼，即熱愛文學，尤其小說。國中時喜讀古典章回小說；高中時，更沉迷於現代通俗小說，並以一篇〈苦茶〉象徵人生的文章，深受國文老師讚賞。大專時，因家庭因素，無奈走上理工，所謂有意栽花花不發，無心插柳柳成蔭，雖有傑出表現，然終非所願。

幾經社會歷練，終能選擇所愛之路，並取得文學博士學位，而成為教師與文耕者。其中，曾以〈那一段苦澀的歲月〉，獲得香港中國文化協會〝全球華人徵文比賽〞佳作獎。

魯迅說：「**蓋凡有人類，能具二性：一曰受，二曰作。受者譬如曙日出海，瑤草作華，若非白痴，莫不領會感動；既有領會感動，則一二才士，能使再現，以成新品，是謂之作。**」魯迅所說的才士，是筆者所致力追求而不敢或忘。

詩詞非筆者強項，然因人生有太多遺憾，隨著遺憾的產生，便有感嘆！本書內容，便是隨著時間的流轉，記錄當時有感而發的作品。該作品雖參差不齊，有些是筆者所得意，有些還尚可，有些實不入流，然因是學習過程之作，實不忍拋棄，故一視同仁的收藏。

本詩詞系列，以《思無邪》、《思無疆》、《思無期》為名，雖引自《詩經・魯頌・駉》：

駉駉牡馬，在坰之野。薄言駉者，有驈有皇，有驪有黃，以車彭彭。思無疆思，馬斯臧。

駉駉牡馬，在坰之野。薄言駉者，有騅有駓，有騂有騏，以車伾伾。思無期思，馬斯才。

駉駉牡馬，在坰之野。溥言駉者，有驒有駱，有騮有雒，以車繹繹。思無斁思，馬斯作。

駉駉牡馬，在坰之野。薄言駉者，有駰有騢，有驔有魚，以車祛祛。思無邪思，馬斯徂。

然如孔子直取字義曰：「詩三百，一言以蔽之，曰『思無邪』。」意即不虛假、無邪念；「思無疆」，則意即思考無邊界，天馬行空任翱翔；「思無期」，意即思考無所限，千秋萬事皆適宜。筆者秉持該意，發乎於情，止乎於禮！自然而然，水到渠成。

本書分為：古詩、辭賦、律詩、絕句、詞曲、今詩，以及歌詞等七類，並依創作時間排序。

筆者向來豪邁、狂傲，自不會請人寫序。不喜束縛，也非守規之人。故作品直取意境，格律隨緣。最後賦詩一首：

〈一派胡言〉

風起靈思湧，揮筆自形奇；
義情文裡現，俗律難成規。
古昔三曹氾，今朝堪是誰；
閒來無息事，詩賦伴酒巵。

風　寫於雲林聽風軒
2020 春

一、古詩

1-01.〈不可強求〉[1]

生死有命，富貴在天；

凡事盡心，淂失隨緣。

曠野之鴿　寫於新店玫瑰屋
1992 間

[1] 為《曠野之鴿．難忘的一天》所題。

1-02.〈在意〉[2]

我曾愛過，所以在意；

不曾愛過，與我何干。

花需綠葉，互相陪襯；

魚需江水，生死相依。

風　寫於雲林聽風軒
2019.06 間

---

[2] 所務會議上，反對所長急聘新進教師，因教師一聘，系所發展便受教師專長所制約，很難調整方向，並認為應先討論所上未來的發展，以因應少子化招生不易的衝擊，再配合目標聘請專業師資，適度轉型方能永續經營；然所長執意如此，失望之餘，感嘆所題。

1-03.〈放下〉

知知不動是佛性，蠢蠢欲動是人性；

佛性人性幾希同，只在我字見分明。

起念有我因緣生，放下無我性自空；

流水悠遊始自清，萬事與我皆平行。[3]

---

3 「採訪與編輯專題」下課時，張同學對於劉同學以家庭經濟陷入困境，向全班同學借錢都不還，對我抱怨，並強烈替塗同學抱不平；我基於張同學為佛教修道人，便以佛家說法，並以自身為例說：「當劉同學對我說家庭經濟有困難時，我二話不說即去領二萬元援助他，並說這是援助不用還，後請他來典藏中心接工作，自食其力度難關，我不在乎他的真假，之前廖同學也提醒我他的情況，並說劉同學也向所有老師借錢，但沒有人借他，然我的觀念是任何人告訴我他有困難，只要我能力所及便會伸出援手，何以如此！只緣於不堪回首的童年往事，而立志要當『拉人一把的那一隻手』；至於是不是騙我則不關我的事；每

風　寫於雲林聽風軒
2019.12.28

個人若因懷疑而不願幫忙，那他怎麼辦？會發生什麼事？捫心自問時，心安嗎？我所作所為不為他人，他人與我何干！只為心安而已。」張同學回應說：老師，很抱歉！請原諒〇〇的平凡，對於他的一切，其實老師想要傳達的，總歸就是兩個字「因緣」，〇〇真的懂！
佛說：「三輪體空」〇〇怎麼會不明白？只是明白之中仍有那麼一點點的是非在糾結……
所有一切都會過，唯獨心中有所住。站在沒有對錯的角度萬象具空，但當所有的所有不得不有對與錯時，矛盾一定會產生。也許，〇〇此時，在意的是同學之間的情緒多於客觀上要有的理性。這個世界上，沒有任何一樣東西是恆常的，所有的無常即是常，〇〇很明白。或許，是一股莫名的失落吧！原來清淨的學習殿堂，竟然和〇〇內心期許大相逕庭，忽然間，負面的心緒不斷湧上……
無論如何，該表達的，〇〇還是表達了！尊重每個人的生命選擇，就不會有那麼多無謂的想法，〇〇願意再學習，學習透澈生命過程中，所有呈現的每一段樣貌。
感恩老師，關於您曾經的人生閱歷和胸懷，〇〇感佩於心，不管結局為何？〇〇都會欣然接受並感恩！
我回應說：
聖人怕種因，凡人怕果報，各有各自的因緣要了結，不宜介入，免得另起因緣。學習放下，頓然清明，白雲何以能千載空悠悠。以妳的聰慧，一點即通。互勉！
張同學回應說：舉世混濁而我獨清，眾人皆醉而我獨醒。--屈原
我回應說：執我！儒家思想非佛家思想。
張同學回應說：〇〇指的是照片的意境，非本人心境呀！您這廂可誤會學生了呀！
我回應說：你還是執我！是境非境，與我何干！
人生到處知何似，恰似飛鴻踏雪泥；泥上偶然留指爪，鴻飛那復計東西。--蘇東坡

1-04.〈望日臺〉[4]

晝日陽光，普照大地；

高樓大廈，車水馬龍。

夜月星輝，灑落民间；

商場繁忙，萬家燈火。

天空家族[5]，生意興隆；

立臺遠眺，名望日臺。

風　寫於雲林聽風軒
2020.03.09

---

4 今日早起，便往窗邊瞭望，見青山多撫媚有感題了〈聽風軒〉，順也題此首。

5 指天空家族企業總部。

1-05.〈觀荷樓〉[6]

前望市景，高低成趣；

後觀蓮池，芙蓉爭艷。

觀山觀海，環境優雅；

生活機能，如在我家。

依欄觀荷，名觀荷樓。

風　寫於雲林聽風軒
2020.03.09

[6] 今日早起，便往窗邊瞭望，見青山多撫媚有感題了〈聽風軒〉，順也題了〈望日臺〉，接著此首。

1-06.〈賞心園〉[7]

吾家有女初長成，掌上明珠父母情；

求學在外不放心，雙十年華賞心園[8]。

風　寫於雲林聽風軒
2020.03.09

[7] 今日早起，便往窗邊瞭望，見青山多撫媚有感題了〈聽風軒〉，順也題了〈望日臺〉、〈觀荷樓〉，接著此首。

[8] 賞心園為內人所命，具有二意：一為賞給心愛的女兒；二為賞心悅目的園地。

1-07.〈諷刺〉[9]

為公巧施謂謀計，為私巧施稱奸計；

公器私用穿糖衣，處心積慮為私利。

滿口仁義道德低，計成忘形見得意；

天理難容順奸意，到頭方知空歡喜。

風　寫於雲林聽風軒
2020.04.29

[9]. 話說有位同仁，在其當權時，百般阻饒退休同仁續在本所兼任，致本所無一退休教師留任，顯然違背本校的傳統；然當他要退休時，卻處心積慮要留兼任，不惜反對筆者連任，縱是校長認為，唯獨筆者能帶領本所走出困境，希望筆者能連任，他仍然不為所動，筆者基於所上和諧，自動退出；於是他拱他自認為有恩於他的人當所長，並要求於所務會議上，正式通過：「凡本所退休教師，皆可續留兼任。」沒想到在第一學期，所長即再召開所務會議，並決議：「凡本所退休教師，只能在本所兼任一年。」該位同仁自此與本所無緣，真是諷刺而題。

1-08.〈漢學應用〉[10]

雲科漢學走應用，文學設計資訊融；

任何領域皆可研，各取所需課程滿。

立足本土台灣漢，胸懷大陸傳統漢；

放眼世界國際漢，數位典藏千里傳。

風　寫於雲林聽風軒
2020.05.06

[10] 為早日能出版本書，卻為篇數不足所苦，只好沒靈感也硬湊合所題。

1-09.〈一廂情願〉[11]

余見青山多嫵媚，青山見余應如是；[12]

青山無言君自解，一廂情願空遺憾。

我本將心向明月，奈何明月照溝渠；[13]

明月無心君難理，再多嘆息也枉然。

吾花有意落水去，流水無情獨自流；[14]

落花流水無怨尤，笑道天涼好個秋。

風　寫於雲林聽風軒
2020.05.08

---

[11] 為內蒙古承德書院客座之事，有感而題。

[12] 該句出自南宋辛棄疾的〈賀新郎〉:「我見青山多嫵媚，料青山見我應如是。」

[13] 該句出自元代高明的〈琵琶記〉:「我本將心向明月，奈何明月照溝渠。」

[14] 該句出自宋代釋惟白的:〈續傳燈錄．溫州龍翔竹庵士珪禪師〉:「落花有意隨流水，流水無心戀落花。」

1-10.〈由來〉[15]

洪荒之初，萬般寂靜；
如如不動，不起因緣。
偶合之機，應就陰陽；
天下既分，萬物叢生。
生存之需，物競天擇；
形體各異，隨境化演。
物種之越，人類猶生；
制天順然，盡在我手。

風　寫於雲林聽風軒
2020.05.09

---

15 心血來潮所題。

二、辭賦

2-01.〈醜男與校花〉[1]

話說當年時，北大校園事，
有位醜男人，其貌雖不揚，
志氣卻高昂，非校花不娶。
他功課平平，卻才華橫溢，
情書幾十封，稱謂未重複。
校花雖感動，然心總不甘，
於是相約見，待你校長時，
芳心自歸你。
醜男得鼓勵，奮發直上進，
遠赴重洋去，七年博士回，
清華填空缺，佳人守承諾，
終抱美人歸。

曠野之鴿　寫於內大桃李湖賓館
2017.06.01

1 《大漠飛鴿．北大戀情》中，對女主角講述羅家倫的愛情故事所題。

2-02.〈奮筆直書〉[2]

伏梟靈動兮！奮筆直書矣；

筆尖沙沙兮！盡情瀉我意。

江河落日兮！晴空廣萬里；

大漠草原兮！英雄無所忌。

才如曹氏兮！縱橫蒼穹矣；

志比天高兮！逐鹿戲寰宇。

古來今昔兮！有誰可堪與；

千秋風流兮！狂傲難匹敵。

曠野之鴿　寫於內大桃李湖賓館
2017.06.18

[2] 內蒙古大學客座期間，在宿舍補寫日記，心血來潮，隨興所題。

2-03.〈蒼茫〉[3]

天蒼蒼！地茫茫！天地蒼茫，飛鳥悠翔；

水漾漾！草晃晃！水草漾晃，牛羊歡糧。

山巒巒！河漭漭！山河巒漭，落日暉芒；

風輕輕！雲浪浪[4]！風雲輕浪[5]，吾心嚮往。

曠野之鴿　寫於內大桃李湖賓館
2017.07.10

[3] 內蒙古大學客座期間，至額爾古納市遊歷，我與廣西那兩位朋友，坐計程車奔馳在筆直的中俄邊防公路上，它從黑龍江最東邊的綏芬河起，至內蒙古的滿州里，全長 1,500 公里的綏滿高速公路；兩旁盡是一望無際的大草原，路上常一輛車子都見不著，只有藍天白雲與綠地碧水，不管車速有多快，遠方的牛羊隨著倒轉，我仍覺得停留在天地間，讓人感到蒼茫所題。

[4] 讀ㄌㄤˋ，指天上的白雲，有如一層一層的浪花。

[5] 讀ㄌㄤˊ，指風推著雲，有如流水般輕輕的移動。

2-04.〈幸福〉[6]

生得喜悅！知足常樂，悠然自長；

老得美麗！熱心助人，心善最亮。

病得尊嚴！知命豁達，安寧自張；

死得其所！盡責盡道，無愧俯仰。

吃得下去！粗茶淡飯，盡在品嘗；

睡得安穩！心無虧欠，好夢家常。

拉得順暢！作息規律，飲食安康；

走得自然！壽終正寢，家人歡唱[7]。

---

6 心血來潮所題。

7 引自莊子〈鼓盆而歌〉:「莊子妻死，惠子吊之，莊子則方箕踞鼓盆而歌。惠子曰:『與人居，長子老身，死不哭亦足矣，又鼓盆而歌，不亦甚乎！』

二、辭賦

風　寫於雲林聽風軒
2020.02.12

莊子曰：『不然！是其始死也，我獨何能無概然！察其始而本無生；非徒無生也，而本無形；非徒無形也，而本無氣。雜乎芒芴之間，變而有氣，氣變而有形，形變而有生。今又變而之死。是相與為春秋冬夏四時行也。人且偃然寢於巨室，而我噭噭然隨而哭之，自以為不通乎命，故止也。』」意思是說：「莊子的妻子死了，惠子前往弔喪，看見莊子正蹲在地上、敲著瓦盆唱歌。惠子說：『你的妻子和你住了一輩子，為你生養兒女，現在老了、死了，你沒有悲傷、哭泣也就算了，竟然還敲著瓦盆唱歌，這不是太過分了嗎？』莊子說：『不是這樣的，你聽我說：我的內人剛死的時候，我何嘗不悲傷呢？只是後來想一想，人本來是沒有生命的，不但沒有生命、連形體都沒有；不但沒有形體，甚至連氣息都沒有。但是在似有若無的變化當中，忽然有了氣息，氣息變化而有形體，形體再變化才有了生命。現在我的內人又變化成死亡，這就像四季運行一樣的自然，她已安息在自然的這個大環境中，如果我還為此悲傷痛哭，不是太不通達命理了嗎？所以我才不哭的啊！』」

2-05.〈夫妻唱和〉[8]

珊本佳人，奈何為我妻女；
少時無憂，不知春夏秋冬。
輝本浪人，奈何為我夫君；
少時多舛，不知春夏秋冬。
膽小如鼠，知性外柔內剛；
大家閨秀，安逸淡泊名利。
膽大包天，知性外剛內柔；
江湖浪子，隨性揚名立萬。
因緣聚首，有緣千里相逢；
一首歌曲，告白聽我看我；
一個誤會，造就一段姻緣；
浪人閨秀，美滿奇妙組合。

風　寫於雲林聽風軒
2020.02.14

---

[8] 內人生日所題。

2-06.〈父女隨歌〉[9]

愛情結晶，明珠捧在手上；
一個微笑，呵護父母情怯。
三生有幸，降臨來到我家；
父母寵愛，知恩承歡膝下。
名為天穎，希望天天都贏；
知天之智，當知所為不為。
老爸期望，是我動力向前；
一切努力，為誰我家英雄[10]。
小時了了，抓周右筆左錢；
大時佳佳，求學未曾擔憂。

---

[9] 去年女兒生日，即想為她題詩，卻因沒靈感而作罷；今為內人生日題辭，興致所至也為女兒題一首。
[10] 老爸在家的別稱。

一路走來，平順無風無雨；
民主養成，生命由我決定。
個性智慧，承襲父母兼備；
小家碧玉，中庸穩中求贏。
爭吵拌嘴，親情人間難免；
父歌女舞，和樂母笑開懷。
天上人間，美滿家庭。
獨生女！父母情！期盼一生順遂；
不求富！不求貴！但求一生無悔。
千里情！一生愛！祝福天賜良緣；
夫慈子孝，幸福子孫滿堂彩。

風　寫於雲林聽風軒
2020.02.14

三、律詩

3-01.〈繁華當知來時路--北橫 7 號公路〉[1]

橋彩雲嵐山嶂澗，桃香果蜜翠巒藏；

鷹旋鼠竄森林戲，泰雅風情又一章。

風雨多情空憾事，養護兄弟一身當；

繁華應曉來時路，莫使英雄話愴涼。

風　寫於台中望日台
2012 春

[1] 承接交通部公路總局產學案，撰寫〈繁華當知來時路--北橫 7 號公路〉，為其題詩。

3-02.〈兩岸〉[2]

吾伴高兄金馬歷，遥觀厦門憶當年；

國共兩造是年怨，負我百姓四十寒。

洋樓彈痕今尚在，同袍鬩墻最為難；

煮酒笑談兩岸事，濤聲鼾聲真擾眠。

台灣大陸互相望，馬祖金門置其間；

往返三通頻接觸，比肩接踵帶休閒。

今非昔比已雲淡，快樂安詳民所盼；

你我皆為同根生，杯酒一笑恩仇免。

風　寫於馬祖民宿
2016.12.11

---

[2] 2016.12.09~12 日，招待內蒙古大學中文系主任高建新，前往金門、馬祖旅遊所題。

3-03.〈無悔〉

愛到深處無怨悔，衣帶漸寬終不疑；

為伊消得人憔悴，唯願取恩情滿禧。

天長地久有時盡，此情綿綿無絕期；

問世間情為何物？直叫人生死相隨。[3]

---

[3] 內蒙古大學客座期間，撰寫《大漠飛鴿．北大戀情》，為黃山許願台編寫淒美的愛情故事，進而感動其愛情的偉大所題。話說從前：「在黃山的山腳下，住著一戶大戶人家，老員外只生一個女兒，如公主般的疼愛。偏偏千金大小姐，愛上家裡的男僕，門戶不相當，員外當然反對，以前的傳統思想，父母的威權，是不容子女反抗。但他們彼此認為，今生如果失去對方，生命將不再有意義，因此誓言生死相隨。有一天，他們來到一個平台，情話綿綿，相擁而泣，在日落時分，男方牽著女方的小手，一躍而下，雙雙殉情。過了不久，有上山的柴夫，在這平台上，看到這對情侶，因此就流傳，只要至死不渝的男女，來此許願，他們的願望一

曠野之鴿　寫於內大桃李湖賓館
2017.06.01

定會實現，這便是這許願台的由來。後因遊客越來越多，政府為安全起見，特別用鎖鏈做成了欄杆，演變到今天，只要情侶買個鎖，雙雙刻上名，鎖在鏈子上，他們今生就是再怎麼吵，也不會分離。除非，要再拿鑰匙上來，把鎖打開，才會分道揚鑣。如果想測試妳的伴侶，是否終生可依靠，你們把鎖頭鎖在鐵鏈上後，兩把鑰匙，一人一把，然後妳對他說，我們把鑰匙往雲海裡丟，好不好！如果他毫不思索地往下丟，那代表他心裡只有妳一人，想跟妳終身廝守；如果他有點猶豫，那代表他心裡還有別人，縱然現在沒有，他也期盼將來有；如果他不願意，那這種男人不要也罷。」其中之〝愛到深處無怨尤〞為歌名〈只換得幾片哀愁〉，陳自為作詞；〝衣帶漸寬終不悔，為伊消得人憔悴〞為柳永〈蝶戀花〉；〝唯願取恩情美滿〞為洪昇〈長生殿〉；〝天長地久有時盡，此情棉棉無絕期〞為白居易〈長恨歌〉；〝問世間情為何物？直叫生死相許〞為元好問〈摸魚兒－雁丘辭〉。

3-04.〈朱顏〉[4]

小臉柔美映燭光，絲髮半墜垂肩膀。

雙眉深鎖思哪樁？兩眸回盼令痴狂。

耳耳垂珠福成雙，厚鼻黃潤貴財長。

朱唇半翹招遐想，露齒白暈[5]擁夢鄉。

曠野之鴿　寫於內大桃李湖賓館
2017.06.01

---

[4] 為《大漠飛鴿．北大戀情》女主角的形象所題。

[5] 白暈之意，原指日月周圍的雲氣，在此形容微露的兩顆牙齒及吐氣的氛圍。

3-05.〈國恥〉[6]

中國似海棠，蒙古第一張；

國亂分城邦，庚寅裂兩疆。

母雞雖醜樣，恥辱不能忘；

大漠千里廣，紅旗[7]盡飄揚。

曠野之鴿　寫於內大桃李湖賓館
2017.06.27

6 內蒙古大學客座期間，與高老師遊歷外蒙古（蒙古國），據導遊說：「蒙古國人對臺灣並不友善，因臺灣不承認他們是獨立的國家；而對大陸則是相當的好感，除大陸經常支援他們物資外，最主要還是大陸承認他們的獨立。」我便對高老師說：「那自然是如此！1950 年毛澤東出訪蘇聯，為爭取蘇聯的外交支持，特簽訂《中蘇友好同盟互助條約》，承認外蒙古獨立，從中國的立場來看，毛澤東是分裂國土的罪人，難怪鄧小平於 1989 年 2 月，會對美國總統布希抱怨說，〝雅爾達會議〞不但使外蒙從中國分離出去，且使中國東北成為蘇聯勢力範圍。所以，中華人民共和國的地圖是一隻老母雞，而中華民國的地圖則是一葉秋海棠，多麼漂亮！這才叫美麗的江山。」所題。

7 中華民國與中華人民共和國的國旗都是紅色，非單指中華人民共和國的國旗。

3-06.〈瓊樓玉宇照大漠〉[8]

天上彩雲闕麗舫，瓊樓玉宇富堂皇；

錦衣玉食任品嚐，無死無生無晝長。

大漠兵殃需忖量，天狼降世赤那郎；

草原爭霸人稱榜，羊喜草長牧者忙。

曠野之鵠　寫於內大桃李湖賓館
2017.07.01

[8] 內蒙古大學客座期間，聽聞〝蒼狼與白鹿的傳說〞時，突想為牠創作一部戲曲，該詩為其中之唱詞。

3-07.〈九天玄女〉[9]

往古之時大地難，無人無事無爭端；

天皇偶興女神遣，顓頊共工爭帝冠。

摶土造人陰陽創，天塌地毀蒸民癱；

女媧煉石終平天，天下萬物始甜繁。

曠野之鴿　寫於內大桃李湖賓館
2017.07.01

[9] 為《蒼狼與白鹿的傳說》戲曲之唱詞。

3-08.〈女媧悔造人〉[10]

草原戰亂紛爭墟，待臣下凡鏟塞淤。

昔日造人未去慾，天資隨境進化歟。

唐虞古政難回去，孔孟之言頻教予。

無奈紛爭難駕馭，只能降禍創新興。

曠野之鴿　寫於內大桃李湖賓館
2017.07.01

[10] 為《蒼狼與白鹿的傳說》戲曲之唱詞。

3-09.〈仁慈之心〉[11]

天帝仁心開天地，媧娘慈恵造人員。

天上人间皆圓滿，島島香火享萬年。

類共争王天地變，媧娘煉石補蒼天。

部族蠶食草原亂，天狼下凡力保全。

曠野之鴿　寫於內大桃李湖賓館
2017.07.01

[11] 為《蒼狼與白鹿的傳說》戲曲之唱詞。

3-10.〈大漠好春光〉[12]

藍天雲海空悠揚，青山綠水多媚妝；

細雨飄拂草滋長，牛歌羊唱喜歡糧。

蒼狼覬伺羊驚喪，猛鷹盤旋鼠恐慌；

烈日微風慵懶郎，草原萬里盡芬芳。

曠野之鴿　寫於內大桃李湖賓館
2017.07.01

[12] 為《蒼狼與白鹿的傳說》戲曲之唱詞。

3-11.〈冬盡春來〉[13]

樹梢瓦頂雪消融，縷縷孤煙上宇穹；

冬盡春來枝頭紅，草原甦醒綠叢叢。

部族殘奪硝煙重，終日惶惶無始終；

子散妻離苦難衆，何時大漠太平隆。

曠野之鴿　寫於內大桃李湖賓館
2017.07.01

---

[13] 為《蒼狼與白鹿的傳說》戲曲之唱詞。

3-12.〈承先啟後〉[14]

老爺莫為族人慌，自立自強才是方。

舉族一心守部防，無需懼怕哪些方。

犬兒媳婦勇難擋，媳婦待生產虎郎。

啟後承先傳接棒，光榮韋部世留芳。

曠野之鴿　寫於內大桃李湖賓館
2017.07.01

[14] 為《蒼狼與白鹿的傳說》戲曲之唱詞。

3-13.〈蒙古風光〉[15]

大漠荒涼瀉百里，草原碧綠望無圍。

兒女馬背曲傳意，牛羊低吟喚犢依。

鷹翅扶搖志萬里，蒼狼吃月話悲唏。

海沙聯袂襯成趣，落日江河映漾暉。

曠野之鴿　寫於內大桃李湖賓館
2017.07.15

[15] 內蒙古大學客座期間，總結兩個月來的蒙古遊記所題。

3-14.〈蒙古十二盟〉[16]

東起呼倫草綠幀，西止阿拉胡楊情；

南為顎尔響沙詠，北至錫林恐龍坪。

中置烏蘭火山緔，左鄰呼和首都亨；

上有包頭百工盛，銜接巴彥套曲酲。

下夾烏海沙湖映，右跨赤峯岩山紅；

連靠通遼青溝洞，頂終興安天池穹。

千里大漠難說罄，白鹿蒼狼訴情衷；

可汗天驕英雄夢，是非成敗轉成空。

曠野之鴿　寫於內大桃李湖賓館
2017.07.15

[16] 內蒙古大學客座期間，遊歷全內蒙古，按地圖將十二盟市，題成排律並評論作結。

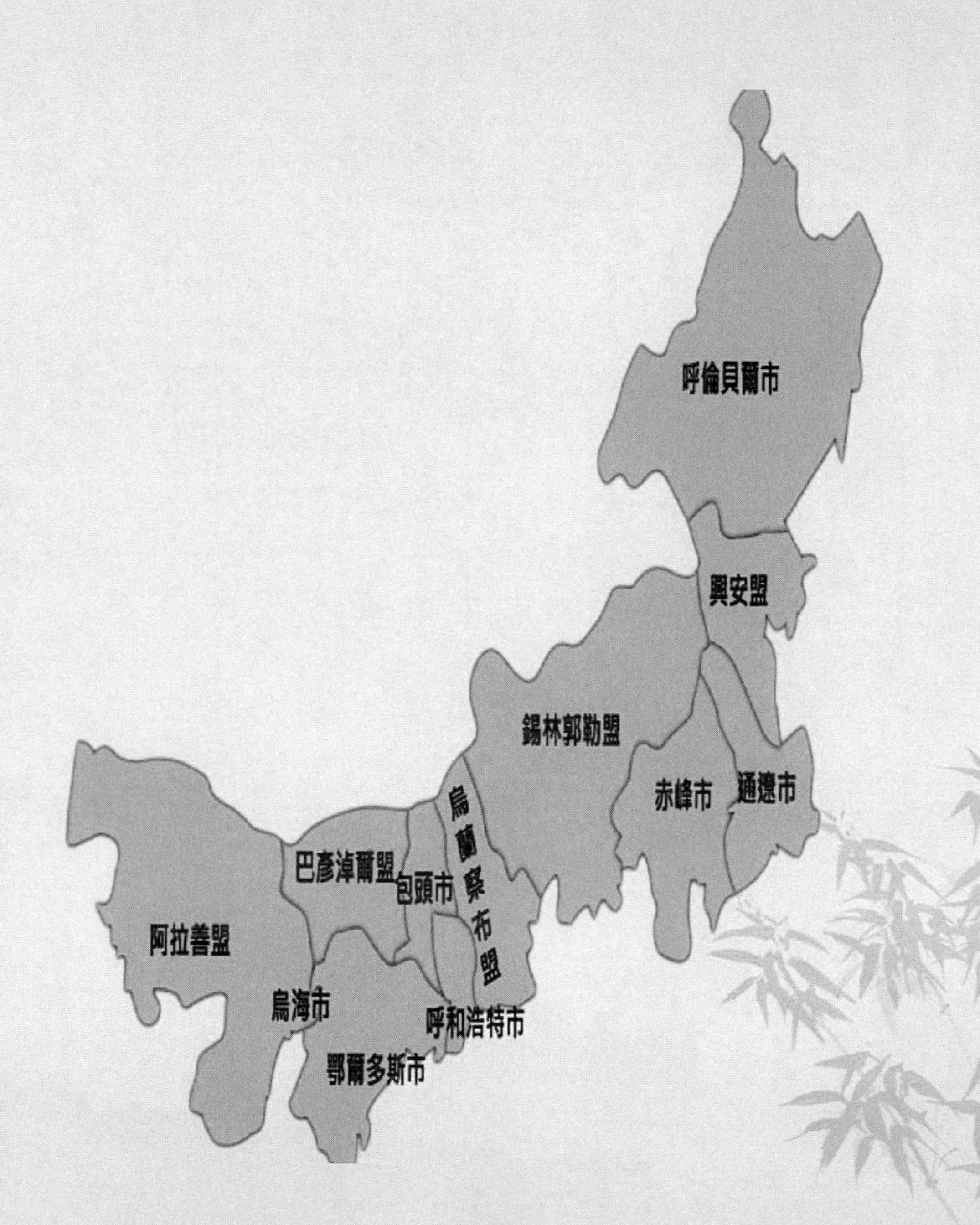
呼倫貝爾市
興安盟
錫林郭勒盟
赤峰市
通遼市
烏蘭察布盟
巴彥淖爾盟
包頭市
阿拉善盟
烏海市
呼和浩特市
鄂爾多斯市

3-15.〈國士無雙〉[17]

國士本無雙，耀榮可四方；

承先並啟後，萬古盡流芳。

失敗似豬狗，成功如鳳凰；

敗成皆苦楚，世者幾知量。

風　寫於雲林聽風軒
2017.12 間

[17] 筆者忝為教育部國家講座主持人暨學術獎得獎人專輯主筆（計五屆），教育部徵筆者為 106 年度得獎人寫賀辭，原為：「國士無雙，榮耀四方；承先啟後，萬古流芳。」今缺律詩一首，故以此為基礎，題了此詩。

3-16.〈智慧〉[18]

智者知其為，愚者隨性牽；

際逢各迥異，成敗看因緣。

立萬仍一路，潛藏意深禪；

若言何是貴，兩者皆空焉。

風　寫於雲林聽風軒
2019.04 月間

[18] 心血來潮，隨興賦詩一首。

3-17.〈無力可返天〉[19]

天空家族雲中漢[20]，親眷相濡惜此緣；

成大中山雖可看[21]，秉持理想為所然。

古來私念實難免，力諫無能可返天；

江泊無蓋法屈原，鷄犬相聞亦叁研。

風　寫於雲林聽風軒
2019.06 間

---

[19] 所務會議上，反對所長急聘新進教師，因教師一聘，系所發展便受教師專長所制約，很難調整方向，並認為應先討論所上未來的發展，以因應少子化招生不易的衝擊，再配合目標聘請專業師資，適度轉型方能永續經營；然所長執意如此，失望之餘，題詩自嘲。

[20] 指國立雲林科技大學漢學應用研究所像家庭一樣。

[21] 成功大學文學院王院長，參訪筆者所建之數位典藏成果，直說筆者是他多年尋找的人才，並開出每年五百萬元研究費、兩位博士生，以及碩士生不限人數等優渥條件，邀請筆者轉任該校；中山大學中文系劉主任，亦參訪筆者所建之數位典藏成果，當下邀請轉任，筆者無意，劉主任便請該校副座，隨帶人事室成員於西子灣會館接見，並說：「只要筆者願意，當下發聘書。」然筆者秉持當初對林校長的承諾，委婉拒絕。

3-18.〈偶遇．張穎〉[22]

萍水相逢偶遇焉，長相廝守妄成全；

龍虎祖庭法自然，緣起緣終自看天。

海浪滔滔隔兩岸，白雲悠悠路遙顛；

相思已在別離前，夢穎張來魚水漣。

風　寫於江西龍虎山
2019.07.16

[22] 2019.07.07~18 日間，參加大陸華中科大人文學院研討會，會後前往江西龍虎山遊歷，偶遇哈爾濱女子張穎，因緣際會結伴而行三天所題。

3-19.〈分享〉[23]

人生困頓何其多，離合悲歡與誰磋；

得意之時須盡歡，有人分享幸福窩。

人生漫漫路遙遠，行腳隻身多寂寞；

渺渺高峯不勝寒，俯觀天下誰與我。

風　寫於雲林聽風軒
2019.12.18

[23] 筆者常心血來潮，隨興賦詩，並與學生黃〇〇分享而感到幸福：因而感嘆：「得意之時，無人分享，還真是悲哀！」所題。

3-20.〈老牛與嫩草〉[24]

老牛閒適遊青綠，嫩草弄姿呼喚兮；

崇拜之心一時迷，情遷境過見心蹊。

少年情亂欠思慮，長者有責施教携；

長幼相親顯仁義，情飄慾然止於禮。

風　寫於雲林聽風軒

2019.聖誕

[24] 聖誕節，忽然想到為歷年來學生崇拜老師而題。

3-21.〈上課情景〉[25]

師者講台站，孜孜教誨中；

恐生不解曉，有負業師工。

生者堂前坐，循循各忙中；

低頭滑手機，搖首見周公。

風　寫於雲林聽風軒
2019.12.27

[25] 上課時，有感於學生上課情景而題。

3-22.〈聽風軒〉[26]

晨曦耀山巒，落日映海垣；

天空総灰灰，大地綠蒼繁。

樓高冷颼颼，北風叫咻喧；

倚窗望天涯，吾名聽風軒。

風　寫於雲林聽風軒

2020.01.06

[26] 描繪筆者住家的環境，起於今日早起，便往窗邊瞭望，見青山多撫媚有感所題。

3-23.〈同道者〉[27]

獨在高峯吹冷風，堅持與世不相同；

人生漫漫我獨往，路程遥遥誰影同。

世間知音難覓碰，同途有伴喜相逢；

佛禪深邃需根種，破惑證真理自通。

風　寫於雲林聽風軒
2020.01.09

[27] 張同學是慈濟的志工，也是佛學修行者，為人聰慧，善解我意，尤其是 2019.12.28 日與張同學師生唱和，更是佳話一段，為珍惜同道者所題。

3-24.〈一派胡言〉[28]

風起靈思湧，揮筆自形奇；

義情文裡現，俗律難成規。

古昔三曹[29]比，今朝堪是誰；

閒來無鳥事，詩賦伴酒卮。

風　寫於雲林聽風軒
2020 春

[28] 為《詩詞系列--思無邪・序》所題。
[29] 指曹操、曹丕、曹植三父子。

3-25.〈感懷〉[30]

前年今日兩相恣[31]，喃呐低聲問寒食；

勸君思妾多惜愛，莫讓奴家空歡思。

今年今日獨窗倚，颯颯冷風拂面吹。

伊人不知何處去；明月依舊見女織。

風　寫於雲林聽風軒
2020 春

[30] 隨興所題。

[31] 讀ㄘ，指自得的樣子。《莊子・大宗師》:「夫堯既已黥汝以仁義，而劓汝以是非矣。汝將何以遊夫遙蕩恣睢，轉徙之塗乎？」

3-26.〈為賦新詩〉[32]

天露魚肚地未明，新詩待賦早出更；
手拿抬腿[33]未回應，職卡無蹤自不行。
欲速不達窘狀顯，來回渡代眼睜睜；
靈思泉湧現詩景，七步成詩如曹卿。
塞翁失馬難評定，上帝關門必留蹤；
好壞是非端看性，得失之間隨緣從。
白雲千載空悠夢，江水依然流向東；
落日浮雲[34]無須競，人生何處不相逢。

風　寫於雲林聽風軒
2020.02.26

---

[32] 今日上午六點多即到校，想趁早精神好，作詩填詞寫些新作，奈何！忘帶人科一館的職卡開門，只好等待他人上班，等待中靈感一來即作成此詩。

[33] 筆者的皮夾，放在大腿的口袋，只要抬腿即可感應到，然沒嗶聲；只好用手拿皮夾靠卡，依舊沒反應，打開皮夾才發現職卡不見。

[34] 引自李白〈送友人〉:「青山橫北郭，白水繞東城。此地一為別，孤蓬萬里徵。浮雲遊子意，落日故人情。揮手自茲去，蕭蕭班馬鳴。」

3-27.〈大鞍草廬〉[35]

上為孟林隨風搖，下為荷池菡萏嬌；

右為雷溪流水浩，左為芍藥引蝶嫖。

眼觀濁水[36]黃山[37]俏，頭頂青天雲霧飄；

鼠竄蟲逃鷹展嘯，一書在手樂逍遙。

風　寫於雲林聽風軒
2020.03.06

[35] 為大鞍草廬地理環境題詩。
[36] 指濁水溪。
[37] 指林內鄉的小黃山。

3-28.〈龍騰草廬〉[38]

山中無歲月，耕讀任君來；

蔬果自家種，隨他任意栽。

不煩塵世事，只看風竹排；

閒空閱書急，睏來臥案臺。

風　寫於雲林聽風軒
2020.03.06

[38] 幻想退休後，在三義〝龍騰草廬〞隱居山林的愜意生活。

四、絕句

4-01.〈異客〉[1]

獨在異鄉為異客，每逢佳節倍思親；

猶是有家歸不得，杜鵑莫在耳邊吟。

曠野之鴿　寫於台北厚生總公司
1973.中秋

[1] 1973.09.09.離家出走，第一次流浪在外過中秋，佳節商店都沒開，只得吃泡麵過節所題：該詩前兩句取自王維〈九月九日憶山東兄弟〉。

4-02.〈母逝〉[2]

昨日叩別惜依依，望兒學成早日回；

今日跪臨淚涔涔，只因慈母乘鶴飛。

曠野之鴿　寫於老家靈堂
1993.05.16

[2] 1992.09 月間，筆者為理想遠赴香港求學，1993.05.16 母逝奔喪所題。

4-03.〈天空〉[3]

天蒼道窮無所在，取捨揮灑任君來！

空生得意有幾載，風流千古看今哉。

風　寫於雲林聽風軒
2003.秋

[3] 建置「天空家族文學網」，為其題詩。

4-04.〈警世因果錄〉[4]

果隨業力就因緣，生死流轉一線牽；

芸眾迷航彼是岸，盡心放心顯真銓[5]。

風　寫於安徽地藏菩薩殿
2008.11.20

[4] 《警世因果錄》之目錄四個單元。
[5] 名詞：真理之意。

4-05.〈地藏菩薩道場〉[6]

九華聖境覓幽廬，六日靈思湧善書；

茲苗新枝唯是願，菩提滿蔭見真知。

風　寫於安徽地藏菩薩殿
2008.11.28

[6] 因應與〝台北市地藏淨宗學會〞產學合作案，「因果圖鑑動畫影片製作」，於 2008.11.17~28 日親上大陸九華山地藏菩薩道場，並住在寺內撰寫《警世因果錄》，六日有成有感所寫。

4-06.〈真是〉[7]

白雲千載總徘徊，笑看凡人目的侅[8]；

梁武達摩今猶在，世間到處是塵埃。

風　寫於雲林聽風軒
2008.11.30

---

[7] 與內人至安徽省九華山地藏菩薩殿完成《警世因果錄》後回國，交與委託人審核，該委託人當下看完直說好，沒幾天便說不好要解約，原因雖沒明說，然依我的推測，也是我想測試他習修佛法的境界，故意在劇本片尾標明：策畫：黃○○；劇本：蔡○○；導演：蔡○○等事實的名相；他很在意，並認為經費是他籌募，名利卻歸我，划不來而解約，我便賦詩一首，意在諷刺。

[8] 音ㄍㄞ（該），意為非常、奇特。

4-07.〈學術平台〉[9]

學海無涯涵天下！術境無窮任梳爬；

平生未了有人續！台上風流萬古誇。

風　寫於雲林聽風軒
2012.秋

[9] 建置「學術動態平台」，為其題詩。

4-08.〈漢學應用研究所〉[10]

漢學無涯涵天下！應用無窮任梳爬；

研究未了有人續！所上風流萬古誇。

風　寫於雲林聽風軒
2013.08.01

[10] 出任所長一職，為漢學應用研究所題詩。

4-09.〈薑黃坑〉[11]

飄飄雲霧湧翻中，渺渺山巒各不同；

漾漾金光烘倍[12]趣，潋潋霞焰映坑紅。

風　寫於雲林聽風軒
2017.夏

[11] 因應「故事編撰專題」課程的需要，於 2017.夏間率學生編撰〈守護薑黃的故事〉，並為其題詩。

[12] 加倍之意。

4-10.〈得失〉[13]

謀事猶在人，成事得靠天。

凡事求盡心，得失自隨緣。

曠野之鴿　寫於內大桃李湖賓館
2017.05.17

---

[13] 內蒙古大學客座期間，撰寫《大漠飛鴿．老家新家》，為感嘆人生變化多端，縱孔明之才，也無法改變蜀國滅亡的命運，只能鞠躬盡瘁，死而後已所題。

4-11.〈包頭風景〉[14]

包頭製造成基地，南海餘暉相為披；

五美雙台真華麗，賽汗草甸兩相宜。

曠野之鴿　寫於內大桃李湖賓館
2017.05.20

[14] 內蒙古大學客座期間，至包頭市遊歷，總結其特色所題。

4-12.〈隨緣〉[15]

隨機應緣起，起緣自聚集；

緣滅終散離，無緣就無濟。

曠野之鴿　寫於內大桃李湖賓館
2017.05.20

[15] 內蒙古大學客座期間，至包頭市隨處悠遊，偶興所題。

4-13.〈鄂爾多斯〉[16]

鄂尔石油產製基，王佛二存傳千哩；

草原響沙真成器，蒙古源流朔礎基。

曠野之鴿　寫於內大桃李湖賓館
2017.05.22

[16] 內蒙古大學客座期間，至鄂爾多斯市遊歷，總結其特色所題。

4-14.〈黃山日景〉[17]

晨曦山巒[18]飄渺尖，午金流峯[19]入雲肩；

夕霞落暉[20]映山澗，晚磷孤光[21]滿人間。

曠野之鴿　寫於內大桃李湖賓館
2017.06.01

---

[17] 為《大漠飛鴿 · 北大戀情》，黃山早晨、中午、黃昏及晚上一日四景所題。

[18] 晨曦山巒，指早晨的曦芒暉映在疊疊的山巒間。

[19] 午金流峰，指中午的陽光像黃金色般的流動在每座山峰上。

[20] 夕霞落暉，指黃昏的霞暉灑落在大地上。

[21] 晚磷孤光，指晚上的磷動月光照射在透出微光的孤房上。

4-15.〈濡沫相依〉[22]

同為異客訪名山，濡沫相依生死間。

今日分離何夕見，情歸何處惹愁孱。

曠野之鴿　寫於內大桃李湖賓館
2017.06.01

[22] 為《大漠飛鴿 · 北大戀情》，經歷遊黃山的生死、離別所題。

4-16.〈隨遇而安〉[23]

天幕幽蒼柔作帳，地席如茵可為床；

隨遇而安是標榜，大漠無邊任我翔。

曠野之鴿　寫於內大桃李湖賓館
2017.06.05

[23] 內蒙古大學客座期間，至烏蘭察布盟遊歷，在〝烏蘭哈達地質公園〞的火山口上打盹，覺得很愜意所題。

4-17.〈烏蘭察布〉[24]

烏蘭鉬礦當居一，聯袂火山景更稀；

輝騰風車真煞氣，黃花落日映相依。

曠野之鴿　寫於內大桃李湖賓館
2017.06.05

[24] 內蒙古大學客座期間，至烏蘭察布盟遊歷，總結其特色所題。

4-18.〈額濟納旗〉[25]

額濟胡楊百媚生，林黃夕日晚風迎；

秋風起舞庭中客，秉燭把觴弱水情。

曠野之鴿　寫於內大桃李湖賓館
2017.06.11

[25] 內蒙古大學客座期間，至額濟納旗遊歷，總結其特色所題。

4-19.〈巴彥淖爾〉[26]

巴彥套曲令人醉，湖泊多麗最漣漪；

硫鐵儲量當居一，陰山岩刻更稱奇。

曠野之鴿　寫於內大桃李湖賓館
2017.06.12

[26] 內蒙古大學客座期間，至巴彥淖爾市遊歷，總結其特色所題。

4-20.〈黃河明珠〉[27]

烏海沙河連成趣，山川湖泊更美怡；

冶金煤礦當居一，黃河明珠難自奚。

曠野之鴿　寫於內大桃李湖賓館
2017.06.13

[27] 內蒙古大學客座期間，至烏海市遊歷，總結其特色所題。

4-21.〈呼和浩特〉[28]

呼和富裕是首都，享譽全國是乳都；

歷史名蹟昭君墓，風流人物烏蘭夫。

曠野之鴿　寫於內大桃李湖賓館
2017.06.24 子時

[28] 內蒙古大學客座期間，至呼和浩特市遊歷，總結其特色所題。

4-22.〈外蒙四季〉[29]

北國冰霜萬里長，風吹葉落盡枯黃；

羊歡草長羣歌唱，雨落紛飛牧者忙。

曠野之鴿　寫於內大桃李湖賓館
2017.06.30

[29] 內蒙古大學客座期間，至蒙古國遊歷，總結其特色所題。

4-23.〈臥舖情景〉[30]

火車臥鋪斗房中，上下四人夢不同；

男吐雲煙女照鏡，麵撚香氣渺騰空。

曠野之鴿　寫於內大桃李湖賓館
2017.07.03

[30] 內蒙古大學客座期間，搭火車四處遊歷，有感於火車上的亂象所題。

4-24.〈錫林郭勒〉[31]

錫林草盛稱馬都，畜品量質更富足；

諾爾化石屈指數，馬峯貝子互追逐。

曠野之鴿　寫於內大桃李湖賓館
2017.07.03

[31] 內蒙古大學客座期間，至錫林郭勒盟遊歷，總結其特色所題。

4-25.〈赤峰名勝〉[32]

赤峯美景岩山紅，地質遺跡白大清；

鬼斧神工鐘乳洞，風流名勝寮雙京。

曠野之鴿　寫於內大桃李湖賓館
2017.07.05

[32] 內蒙古大學客座期間，至赤峰市遊歷，總結其特色所題。

4-26.〈通遼奇景〉[33]

通遼硅沙居為首，一帶一路成紐軸；

歷史名人孝莊后，風景名勝大清溝。

曠野之鴿　寫於內大桃李湖賓館
2017.07.06

[33] 內蒙古大學客座期間，至通遼市遊歷，總結其特色所題。

4-27.〈興安風情〉[34]

興安美景誠神往，阿爾溫泉更療傷；

風雪紛飛難以忘，王國植物應發揚。

曠野之鴿　寫於內大桃李湖賓館
2017.07.08

[34] 內蒙古大學客座期間，至興安盟遊歷，總結其特色所題。

4-28.〈情人湖〉[35]

呼倫貝爾情人湖，碧水汪泓將淚譜；

守護深情不悔初，民間傳頌留千古。

曠野之鴿　寫於內大桃李湖賓館
2017.07.10

---

[35] 內蒙古大學客座期間，至呼倫貝爾市遊歷，聽聞在上古時期，蒙古族部落裡有對情侶，姑娘叫〝呼倫〞，小伙子叫〝貝爾〞。妖魔〝莽古斯〞帶領著狼蟲虎豹殺向草原，他依杖頭上帶著兩顆神力無比的碧水明珠，肆虐草原，河水被吸乾，牧草枯黃，牲畜倒斃。並施放彌天的黑霧搶走呼倫姑娘。貝爾為了草原，為了呼倫姑娘，與妖魔莽古斯拼殺。呼倫假意取悅莽古斯說：「你頭上的明珠若給我一顆，日後便應允你的願望。」莽古斯得意忘形，連聲說好，並把其中一顆遞給呼倫，姑娘知道這顆珠子就是一汪碧水，為滋潤草原，她毅然把珠子放入口中，忽然化作茫茫碧水。莽古斯傻了眼，身上少一顆珠子神力自然也減少一半，當貝爾追上莽古斯，便拉開張如滿月之弓，一箭射中他的心窩。貝爾獲得另一顆明珠，帶著勝利的喜悅四處尋找呼倫，這時才知道呼倫已化作滋潤草原的女神，悲愴的貝爾發誓永遠守護在呼倫的身邊，當下吞了另一顆珠子，頓時呼倫湖之南又出現一泓碧水。鄉親們為紀念他們，就把這兩座湖分別取名呼倫湖和貝爾湖。這是呼倫貝爾草原一則淒美的愛情故事，永遠流傳在民間，也讓人羨慕。所以，我認為呼倫湖和貝爾湖不應叫姊妹湖，應叫〝情人湖〞，有感而發所題。

4-29.〈呼倫與貝爾〉[36]

呼倫貝爾最傷情，額古納河兩國情；

異國傷懷徒牽情，天涯浪子萬里情。

曠野之鴿　寫於內大桃李湖賓館
2017.07.10

36 內蒙古大學客座期間，至呼倫貝爾市遊歷，感動於〝呼倫與貝爾的傳說〞，淒美的愛情故事，總讓人心有悽焉所題。

4-30.〈呼倫貝爾〉[37]

呼倫草原冠八方，滿州套娃異國香；

濕地根河曲流淌，彩河落日滿霞光。

曠野之鴿　寫於內大桃李湖賓館
2017.07.10

[37] 內蒙古大學客座期間，至呼倫貝爾市遊歷，總結其特色所題。

4-31.〈俄羅斯國〉[38]

俄國地位像王公，國防科學似鳳龍；

美女婀姿甘入甕，但看全球誰與鋒。

曠野之鴿　寫於內大桃李湖賓館
2017.07.11

[38] 內蒙古大學客座期間，至俄羅斯國遊歷，總結其特色所題。

4-32.〈念李敖〉[39]

狂人狂才狂一世，縱情縱言縱風流；

放古放今放天下，獨特獨行獨一酋[40]。

風　寫於雲林聽風軒
2018.03.18

[39] 得知李大師逝世於榮總所題。
[40] 指酋長，意為山頭霸王。

4-33.〈淑微 · 等待〉[41]

淑質麗生楚可人，未知情意許何人。

微風拂面春心動，坐望天涯明月人。

風　寫於雲林聽風軒
2018.夏

[41] 認識○○○設計師，該師性情豪爽、樂觀，形象雖平凡，卻散發一股莫名的魅力，心血來潮，賦詩調逗。

4-34.〈淑微．隨緣〉[42]

淑至嬌柔欲落下，奈何地面盡泥巴。

微風拂面春心動，何不隨緣落我家。

風　寫於雲林聽風軒
2018.夏

[42] 同前註。

4-35.〈淑微．問君〉[43]

君居斗室有人家，妾意如何帶返家。

淑至微風雖栓弱，所非良土不成家。

風　寫於雲林聽風軒
2018.夏

[43] 同前註。

4-36.〈妻女心中形象〉[44]

為人如綿羊，處事似蒼狼；

心胸像汪洋，寢眠更始皇。

風　寫於雲林聽風軒
2019.06 月間

[44] 年紀漸大，睡覺怕吵，甚一點聲音即無法入眠，脾氣顯得暴躁，無意間，從妻女口中得知大概的形象，特以詩表達。

4-37.〈守候咖啡〉[45]

晨曦漾漾山嵐清，琴瑟和鳴風竹情；

夜晳昏昏居家明，守候咖啡母女情。

風　寫於雲林聽風軒
2019.12.04

[45] 採訪與編輯專題課程，師生於 2019.12.04 至古坑樟湖村拍攝守候咖啡廣告片，母女為：呂梅華、黃郁茜，特題詩紀念。

4-38.〈日景〉[46]

晨曦渺渺山嵐清，午焱洋洋大地晴；

晚彩滺滺滄海赤，夜光晻晻居家明。

風　寫於雲林聽風軒
2019.聖誕

[46] 2019 年聖誕節，見大地清明，一時興發所題。

4-39.〈文學之美〉[47]

文學之美美率性，縱遊之樂樂無邪；

辛酸之處處滴淚，歡愉之時時叫嗟。

風　寫於雲林聽風軒
2019.12.26

[47] 閱讀林淑貞《流眄》有感而題。

4-40.〈流眄〉[48]

生命流轉間，往事如雲煙；

逝者牽不斷，瀉意成流眄。

風　寫於雲林聽風軒
2019.12.26

[48] 閱讀林淑貞《流眄》，對《流眄》的釋意。

4-41.〈退休〉[49]

白雲悠盪藍天中，流水倘佯綠草叢；

海闊天空我獨騁，揮揮衣袖不送行。

風　寫於雲林聽風軒
2020.春

[49] 2021.01 底屆齡退休，拒絕所上師生辦歡送會，謹以此詩告別。

4-42.〈風〉[50]

風來自碧空；萍去來隨衷。

雖偶然歇足；然泥爪雁鴻。

風　寫於雲林聽風軒
2020.02.08

---

[50] Line、Facebook 等為目前最重要的人際交往軟體，方便、省時又省錢，然因需花很多時間閱讀、回應，且噹噹不停的響，很煩人，我做事向來專心，所以長期以來堅持不用；我的家族及朋友、學生很不以為然，我便回答說：「時間對你們言，是過日子，對我言是過生命，眼見生命一分一秒的流失，讓我非常的著急，所以我不願浪費生命在這無謂的閒聊上；至於說只加入你們就好！別人不會知道；我既使用 Line，如何拒絕學生；說謊不用 Line，別人雖不知，別人知與不知，與我何干！但我心自知，這也不是我的性格。」2020 年 5 月我院長要率領「俄羅斯莫斯科大學等參訪團」，我便報名參加，所有事情皆在 Line 的族群內發布，我無法與大家同步知道信息，造成很多困擾，於是 2020.02.04 加入族群，準備參訪結束後，便以這首詩告別族群。

4-43.〈甘願〉[51]

追求快意喜雀戰，霹靂布袋我更晦；

若為妻女不願故，兩者皆可說掰掰。

風　寫於雲林聽風軒
2020.02.29

[51] 有感而題。

4-44.〈兩樣情〉[52]

小豬打鼾可愛忠[53]，母豬打鼾趕周公；

一種聲音兩樣情，樂哀喜怒隨心衷。

風　寫於雲林聽風軒
2020.02.29

---

[52] 家人相聚，談到打鼾，心血來潮所題。
[53] 指〝印忠〞，是豬的別稱。

五、詞曲

5-01.〈蘇幕遮--忠義精神〉[1]

天蒼蒼！地茫茫！

無根芒花，隨風飄流旅。

試問天地何所處？

壯闊蒼茫，總是哀愁緒。

是悲天？抑憫人？

美麗山河，忠義難存有。

暮鼓晨鐘何時候？

忠義精神，人間留不朽。

風　寫於雲林聽風軒
2012.中秋

[1] 2012 年中秋，為 2012 第八屆《忠義文學獎》專輯，撰寫評審團序所題，2020.02.16 後更改為詞曲。

5-02.〈行香子--大漠蒼狼〉[2]

我是蒼狼。

草漠之王。

天為帳，大地為床。

喚朋引伴，蕩走四方。

虎豹相逢，退三舍，避他鄉。

蒼狼白鹿，先人情長。

獵白鹿，俯首溫良。

天驕昔日，傲視天蒼。

現今唯是，咆咆月，話悲涼。

曠野之鴿　寫於內大桃李湖賓館
2017.07.01

---

2 內蒙古大學客座期間，聽聞〝蒼狼與白鹿的傳說〞時，突想為牠創作一部戲曲，編完後為大漠蒼狼所填。

5-03.〈水調歌頭--斗室〉[3]

斗室有人四，上下各分邊。
一者使照妖鏡，一下起雲煙。
另位鼾聲連促，垃圾瘡痍滿目，
任歲月闌珊。
鼾叫暨尖叫，叫叫入耳邊。
心慌慌，頭湛湛，入無眠。
不應有恨，輕待光陰似梭般。
人世間情殊異，體諒多説容易，
話語自當然。
曲抑放心裏，苦了文明倌。

曠野之鴿　寫於內大桃李湖賓館
2017.07.03

[3] 內蒙古大學客座期間，搭火車四處遊歷，有感於火車上的亂象所題。

5-04.《女冠子--繁華競逐》[4]

繁華逐慕，哪記淂來時路！

念前塵，僅悵悲相續，

無處話悲辛。

徒有孤塚在，思念幾多稀！

明月依舊是，誰理你。

風　寫於雲林聽風軒
2019.11.30

[4] 因應「採訪與編輯專題」課程的需要，率學生採訪台中彩虹眷村，〝彩虹爺爺〞黃永阜老兵有感所填。

5-05.〈南鄉子—偶然〉[5]

人生似江水。捲起滔滔萬雪堆。

風過天涯如浪子，風排。聚會因緣偶為媒。

人生似湖水。激起恬恬萬旋迴。

落葉飄零誰過錯，無佪。留爪飛鴻哪記誰。

風　寫於雲林聽風軒
2020.06.06

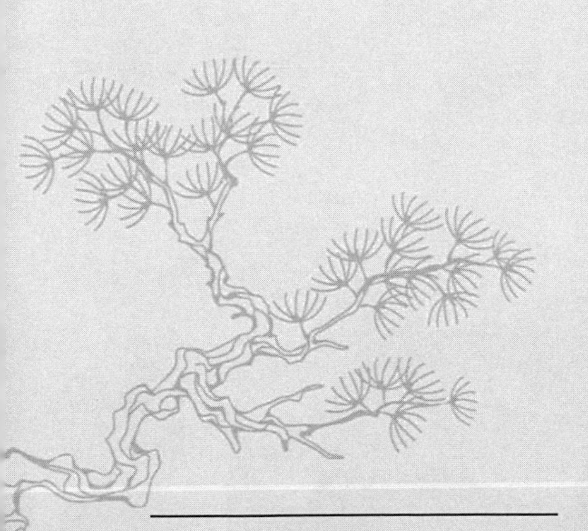

[5] 為湊足篇數硬題。

5-06.〈示三子 · 懷才不遇〉[6]

大秦裂變戲，七雄把鹿逐。

驥騏逢伯樂，慧眼識鳳雛。

知己又紅顏，夫復何求乎。

回首望前塵，不勝唏噓嗚。

風　寫於雲林聽風軒
2020.06.13

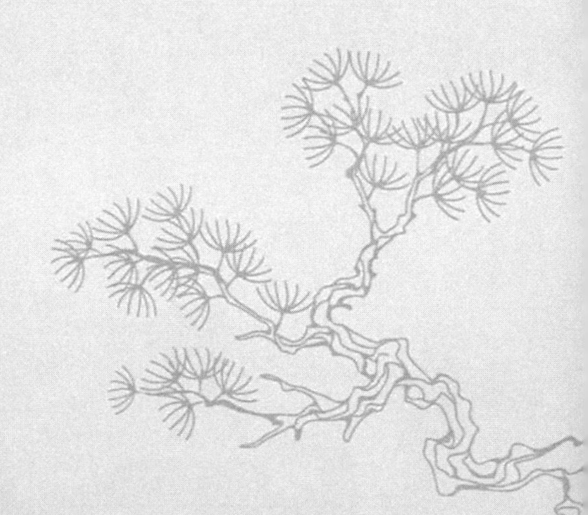

[6] 觀看《大秦帝國之裂變》電視劇，有感而題。

六、今詩

6-01.〈竹風的故事〉[1]

竹因風而美麗，

風因竹而偉大；

風和鳴！竹生姿！

共譜竹風的故事。

曠野之鴿　寫於新店玫瑰屋
1992.間

[1] 為《曠野之鴿．無奈的悲歌》所題。

6-02.〈曠野之鴿〉[2]

我如曠野之鴿，

浪在天涯；

亦似閒雲野鶴，

悠然自淂。

曠野之鴿　寫於新店玫瑰屋
1992.06.19

[2] 1992.06.19 日完成《曠野之鴿》一書所題，該書遲至 2018 年 03 月才出版，並更名為《離鴿逃命落溝渠》。

6-03.〈野鴿〉[3]

昨日之夢不可得，

今日之事多煩憂！

想拾一片白雲，

化作一隻野鴿！

飛上藍天，

衝出紅塵。

曠野之鴿　寫於新店玫瑰屋
1992.06.19

[3] 同前註。

6-04.〈守候咖啡的故事〉[4]

你的出現，帶來了濃香；
我的沉醉，起緣的辛酸。
你的離開，徒留了楚苦；
我的守候，盡情的回甘。
咖啡的季節，又來了！
你是否還記得！

風　寫於雲林聽風軒
2017.春

[4] 105 學年度第 2 學期，筆者在所上開「故事編撰專題」課程，因應實務及教育部「教學卓越計畫之在地紮根」的需求，率學生校外教學，並輔導古坑咖啡農作文創，撰寫「故事行銷」，設計形象包裝等，以促進產品銷售，增加農民收入；該詩即依咖啡香、酸、苦、甘等味道的順序，撰寫而成，並呈現在形象包裝上。

6-05.〈我依然是我〉[5]

我雖飛越不同的天空，
然天空依舊是天空；
我雖跨過不同的大地，
然大地依舊是大地；
天從不因為誰而改變，
地從不因誰而不載；
初衷依舊是，我依然是我。

曠野之鴿　寫於內大桃李湖賓館
2017.05.15

[5] 2017.05.15~07.15 日至內蒙古大學文學院客座所題。

6-06.〈我是中國人〉[6]

我是中國人，我從沒有懷疑過；
有一天，有人告訴我，我不是中國人。
我心存疑惑，於是我上下求索[7]；
我飛越天空，天空依舊是一樣的天空；
我跨過海洋，海洋依舊是一樣的海洋；
我走遍中國，到處都是家人般地關懷。
同樣黃皮膚，黑眼睛、黑頭髮；
同樣的話語，同樣的信仰，
還有那一樣的節日；
哪邊有不同，我實在是想不透。
喔！我明白，原來是別有居心的耍我；
如你敢再說，我將會大吼說，你騙我。

曠野之鴿　寫於內大桃李湖賓館
2017.05.28 子時

---

[6] 內蒙古大學客座期間，撰寫《大漠飛鴿．一片丹心》，心血來潮，隨意所題。

[7] 用典：「路漫漫其修遠兮，吾將上下而求索。」屈原《離騷》。

6-07.〈白修〉[8]

人性與獸性差幾稀？

只在不忍之心而已；

人性與佛性差幾稀？

只在無我之心而已。

求道修道悟幾許？

驀然回首！

貪嗔痴依然纏我心。

風　寫於雲林聽風軒
2020.02.06

[8] 感嘆有些人，一生修行，終難跳脫人性。

6-08.〈自我放逐〉[9]

昨夜星辰昨夜風，往事不堪回首中；

今時月濛今時雨，人生歡樂有幾許。

是悲歡！抑合離！歲月漫漫無常期；

奪富貴！爭名利！終日惶惶又有幾。

來非我所願！去未經同意！生死無絕期；

想揮揮衣袖！不帶走雲彩！自我放逐去。

風　寫於雲林聽風軒
2020.05.01

9 2020.05.01 至大鞍草廬工作，見白雲蒼狗，感嘆世事無常而題。

6-09.〈誰〉[10]

生命多舛，誰沒有委屈；

生命可貴，誰沒有驕傲；

生命脆弱，誰沒有牽掛。

委屈！沒人傾訴，是可憐；

驕傲！沒人分享，是悲哀；

牽掛！沒人呵護，是無言。

風　寫於致理閱卷場
2020.05.06

[10] 筆者一路走來，委屈斑斑，卻無處可傾訴；事涉立場，也難說對錯，然我只想找個出口，抒發、抒發情緒而已，並無他想。昨晚統測閱卷結束後突想，便去找汝兒吃飯取暖，委屈終得到宣洩而感到幸福。今早！記錯閱卷時間而來得太早，閒來無事也心血來潮，便總結前塵，有感而題。

6-10.〈文明與安定〉[11]

哲學是理性的探索；

文學是感性的抒發。

科學是思想的解放；

宗教是心靈的託付。

哲學科學，人類文明的起源；

文學宗教，社會安定的力量。

風　寫於雲林聽風軒
2020.05.26

---

[11] 心血來潮所題。

七、歌詞

7-01.〈未能譜成的戀曲〉[1]

自從那天起，無意間的發現妳！
無以形容的神韻，讓我難忘記。
啊～～那是一種感覺，
我從沒過的感覺；
啊～～那是一種感覺，
無可替代的感覺。
在那一剎間，這世界上的一切，
對我不再有意義！
無以形容的神韻，實令我著迷！
讓我輕輕的問妳，
是否願譜上戀曲，
譜上戀曲，譜上戀曲。

---

[1] 撰寫《雛鴿逃命落溝渠．無奈的悲歌》之歌詞。

★★★★★★

自從那天起，無意間的發現妳！
無以形容的神韻，讓我難忘記。
啊～～那是一種感覺，
我從沒過的感覺；
啊～～那是一種感覺，
無可替代的感覺。
我將會知道，這種美好的感覺，
此生將無法再遇！
亦難於譜上戀曲，僅能埋心底！
永遠的藏在心裏，
讓我默默祝福妳，
祝福著妳，祝福著妳。

曠野之鴿　寫於新店玫瑰屋
1992.秋

7-02.〈生命意義〉[2]

昔人已逝，精神長存，

千古風流，一代天嬌。

遥想當年，躍馬雄風，

開疆闢土，誰堪爭鋒。

大漠千里，草花爭開，

牛羊低吟，牧民笑懷。

★★★★★★

[2] 內蒙古大學客座期間，至蒙古國首都〝烏蘭巴托市〞遊歷，參觀成吉思汗廣場，見其氣派壯觀，尤其是蒙古區域，不管內蒙外蒙，到處以他為名的廣場、雕像，以及紀念館等非常多，可見遊牧民族對這位英雄的崇拜所寫。

昔人已逝，精神長存，

千古風流，一代天嬌。

成吉思汗，人民驕傲，

多少年後，感懷依舊。

成吉思汗，人民驕傲，

多少年後，感懷依舊。

曠野之鴿　寫於內大桃李湖賓館
2017.06.29

7-03.〈十年之約〉[3]

白雲晴空，祝你順風，請你要多保重！

美麗天星，幸福人生，期待你成功！

祝福你一路順風，祝前程海闊天空！

只要你有始有終，啊～啊～奮鬥莫放鬆，

你一定會成功。

---

[3] 該首歌詞，原為：
祝福著你，一路順風，請你要多保重！
錦繡前程，就在眼前，奮鬥莫放鬆！
男子漢志在四方，心胸像海闊天空！
祇要你有始有終，啊~~前程光明，
你必會成功。
★★★★★★
為你祈禱，萬事如意，請你要多保重！
珍重再見，鵬程萬里，奮鬥莫放鬆！
不要再兒女情長，我在等待你成功！
我會在每個夢中，啊~~和你相逢，
一起織美夢。
李雅芳主唱〈請你多保重〉，作詞：林煌坤，作曲：林家慶。
筆者在國中畢業隔年秋天，便趁著黑夜風高的清晨離家出走，前一天夜晚，與青梅竹馬的戀人，相約在小橋流水的橋頭海誓山盟，並訂下十年之約，臨別前，她唱這首歌祝福我，要我成功回來，她會等我；今將歌名改為〈十年之約〉，歌詞也改為如上，雙人可對唱，以符合昔日情境。

思無邪

明月當空，願我順風，妳也要多保重！

美麗天星，幸福人生，期待我成功！

鴻鵠志志在蒼穹，十年後衣錦歸榮！

我們約每個夢中，啊～啊～一起織美夢，

等我（你）回再相逢。[4]

風　寫於雲林聽風軒
2020.03.26

[4] ____為女唱，____為男唱，____男女合唱。

7-04.〈風和竹的故事〉[5]

我如風，來自天空！

任逍遥，來去無蹤。

我似竹，生於山中！

長駐足，等待來風。

偶然間，風起竹鳴，

弄姿首，百媚猶生；

竹問風，願否留停，

譜戀曲，遥望蒼穹。

★★★★★★

[5] 為平復《雛鴿逃命落溝渠．無奈的悲歌》之戀情所題：其中之____為男唱，____為女唱，____為男女合唱。

我似竹，生於山中！
長駐足，等待來風。
我知風，來自天空！
任逍遙，來去無蹤。
偶然間，風起竹鳴，
弄姿首，百媚猶生；
風答竹，願為妳停，
譜戀曲，故事竹風。

風　寫於雲林聽風軒
2020.春

7-05.〈天道〉[6]

我是鷹！展翅天空，伺觀獵物待時機。

我是鴿！遨翔天空，尋找糧食自逍遙。

我是狼！縱走草原，蟄伏獵物待時機。

我是羊！悠遊草原，隨口糧食自逍遙。

鷹抓鴿！人人同情，鴿吃蟲蟲有何辜？

狼吃羊！人人喊打，羊吃草草有何辜？

吃為誰？我不知道，我只知不吃為亡。

強食弱！勝者為王，法自然天道如此。

人世間！縱然無常，適者生萬古恆常。

[6] 為湊足篇數硬題。

我是鷹！展翅天空，伺覷獵物待時機。

我是鴿！遨翔天空，尋找糧食自逍遥。

我是狼！縱走草原，蟄伏獵物待時機。

我是羊！悠遊草原，隨口糧食自逍遥。

鷹抓鴿！人人同情，鴿吃蟲蟲有何辜？

狼吃羊！人人喊打，羊吃草草有何辜？

吃為誰？我不知道，我只知不吃為亡。

強食弱！勝者為王，法自然天道如此。

人世間！縱然無常，適者生萬古恒常。

風　寫於雲林聽風軒
2020.06.09

7-06.〈悔恨〉[7]

歲月悠悠，白雲蒼狗，往事哪堪回首；

遙想前塵，看盡天涯，多少悔恨交加。

懷念往昔，餘暉相依，濡沫生死相許；

今登高樓，望盡蒼穹，星星知我情衷。

任光陰荏苒！光陰荏苒！

[7] 今忽然憶起北大戀情，有感而題。

歲月悠悠，白雲蒼狗，往事哪堪回首；

遙想前塵，看盡天涯，多少悔恨交加。

懷念往昔，餘暉相依，濡沫生死相許；

今登高樓，望盡蒼穹，明月笑我傻懵。

任光陰荏苒！光陰荏苒！

風　寫於雲林聽風軒
2020.06.18

七、歌詞

國家圖書館出版品預行編目資料

思無邪／風　著
臺中市：天空數位圖書　2020.06
面：17X23 公分
ISBN：978-957-9119-80-1（平裝）(餘韻文學--詩詞系列）
1.思無邪　2.詩詞　3.辭賦　4.文學　5.風
863.4　109009566

書　　名：思無邪
發 行 人：蔡秀美
出 版 者：天空數位圖書有限公司
作　　者：風
版面編輯：採編組
美工設計：設計組
出版日期：2020 年 06 月（初版）
銀行名稱：合作金庫銀行南台中分行
銀行帳戶：天空數位圖書有限公司
銀行帳號：006-1070717811498
郵政帳戶：天空數位圖書有限公司
劃撥帳號：22670142
定　　價：新臺幣 290 元整
電子書發明專利第　I　306564 號
※如有缺頁、破損等請寄回更換

Family Sky

紙本書編輯印刷：
電子書編輯製作：
天空數位圖書公司 E-mail：familysky@familysky.com.tw　http://www.familysky.com.tw/
地址：40255台中市南區忠明南路787號30F國王大樓　Tel：04-22623893　Fax：04-22623863